いま幸せになっちゃえ！

田口ランディ

まえがき

インターネットでtwitterのつぶやきを読んでいるうちに、たくさんの人たちが心にもやもやを抱えて生きていることを知りました。

ブッダは、人が幸せに生きるためにすばらしい教えを残してくれました。ブッダのことばをわかりやすくtwitterで伝えられたらいいな。そうすれば、みんなの役に立つかも。

２０１５年に、娘との対話という形でつぶやいてみたところ、多くの方が「おもしろい」「ためになった」とリツイートをしてくれました。

対話は話題になり『「ありがとう」がエンドレス』という本にまとめられました。

人はみな「なにかが足りない」と感じ、満たされようとして外側に、幸せを求めます。

家族、友だち、恋人、ぴったりの仕事、すてきな部屋、わたしを満足させてくれるものがきっとある。みんな、それを探して、求めて、でも、なにか違うなあと感じている。

安らぎは心のなかにあるよ。twitterで「心が落ちつくことば」をつぶやくことが、日課となりました。この本は「つぶやき」を集めて編集した二冊目の本となります。

余白がたくさんあります。余白の部分に、じぶんへのいたわり、称賛、なぐさめ、ことばのプレゼントを書き込んでみてね。絵を描いたり、シールを貼ったり、じぶんが好きなこと、喜ぶこと、夢、希望、なんでもいいです。あなたにとって、気持ちのいいものをいっぱい詰めこんで、お守りにしてください。

田口ランディ

おしゃべりしている相手の顔が、じぶんを映す鏡。じぶんが笑えば、鏡も笑うよ。鏡に笑えって言っても、無理だよ。

「はい、わかりました」と受け入れる人ほど、
思いのままに生きている不思議。

007

好きなものを見ていると心が安らぐよ。
ものって、動かないペットみたいなものだから。

許せない人を許したときのかなしみに、ひとはどんどんすきとおっていく。春の西陽は彼岸から差してくるようだね。いちどあちらに立たないと、こちらはよく見えません。

たとえ怒りでも、憎しみでも、消えたあとの空虚があります。その淋しさに耐えられなくて、また怒りだすのはやめにして、空いた土地には、お花の種を植えてみよう。

男も女も、密かな楽しみをもつと、ちょっと、
かっこいいんだよ。

心と体はつながっていて、心がつらいときは、体もめげる。体が風邪をひいて引き受けてくれるのは、心のしんどさかもしれない。回復していくとき、どっちもよくなる。

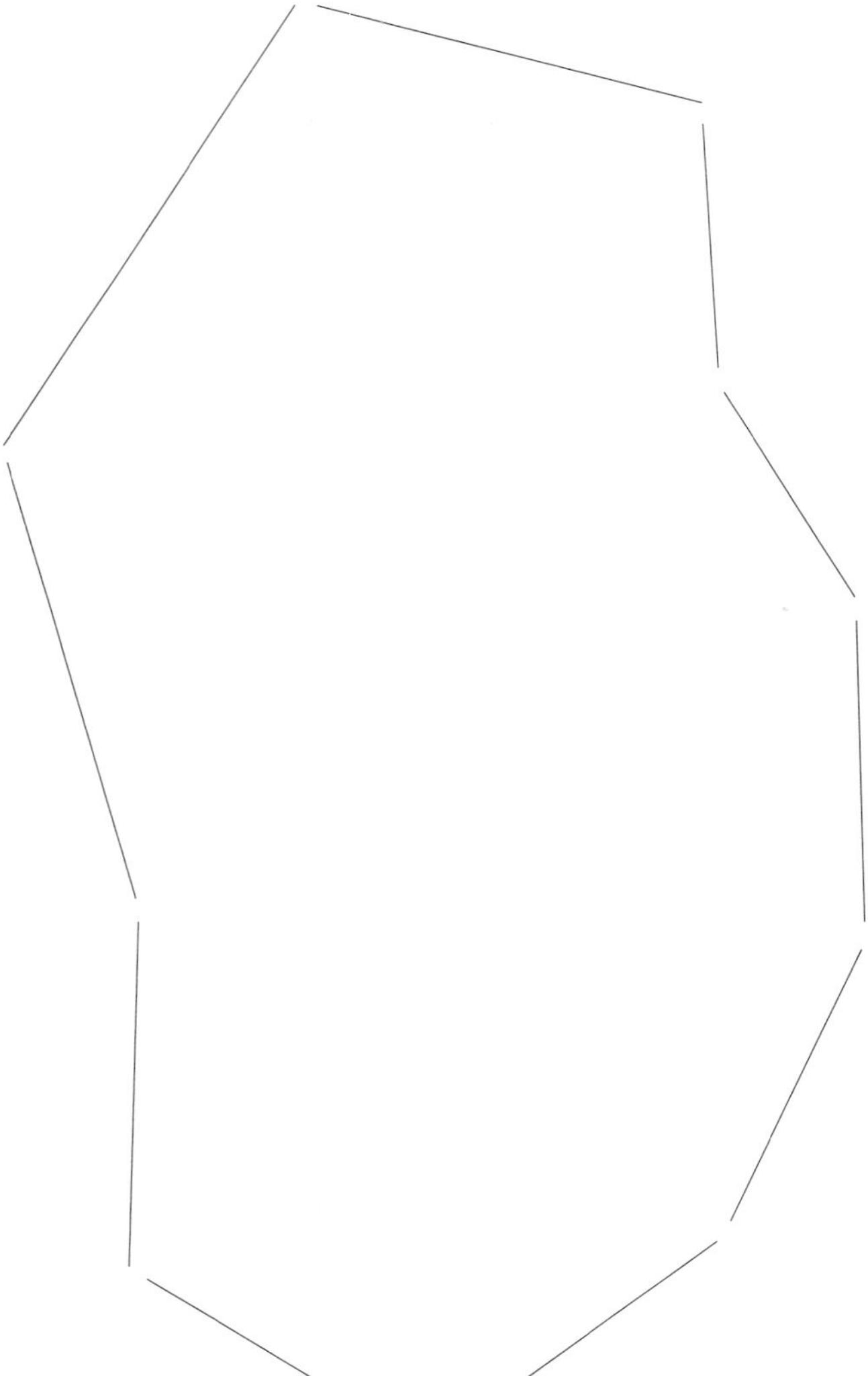

「わたしにはとてもできません……」と、じぶんに弁解している状態が一番苦しい。「やる！」と、決めてすっきりしよう。

できるかどうかは、どうでもいいの。
できなくても、いいの。
できてもいいの。
やればいいの。
やってみます……じゃないの。
毅然と、やる。

「どうして反発しないほうがいいのかな？」「いちいち口ごたえする人に、他人は何も言ってくれなくなる。そうするとね、手入れをする人がいない芝生みたいになっちゃうんだよ」

春は、せつないけど、前を向くかんじがいいな。

春は「許す」のにいい季節。

夜中に満開の花の下で繰り返し言ってみる。

「ありがとう、許します」

花吹雪の浄化のミスト。

肯定は否定よりもはるかに革命的に人生を変えうる。

五十を過ぎて、叱られたことと、褒められたこと、どっちがじぶんのためになったかといえば、圧倒的に褒められたこと。人は褒めて褒めて褒めて育てるべし。

新しいバッグを買うと、翼を手に入れたような気持ちになるね。早く、これを持って外へ飛んでいきたいって思う。物欲ってステキだ。

021

めっちゃ忙しいときにぼやっとするのは、ぜいたくだなあ。ひまなときにぼやっとしたら、たんにひまなだけだものね。

いま生きているということは人類の最先端にいるということ。いまわたしが幸せだということはわたしまでたどりついてくれた先祖の努力が実を結んだということ。

023

苦手な人のご機嫌をとっていると疲れるし、ますます
じぶんが嫌いになる。他人のご機嫌なんかとらなくて
いいんだよ。相手が雨なのは相手の気分なんだから、
傘をさして優しく眺めていればいいんだ。

みんなに支えられていると実感すれば、人が喜ぶことをしたくなります。生きていると、自分のためと人のための区別は、だんだんつかなくなる。

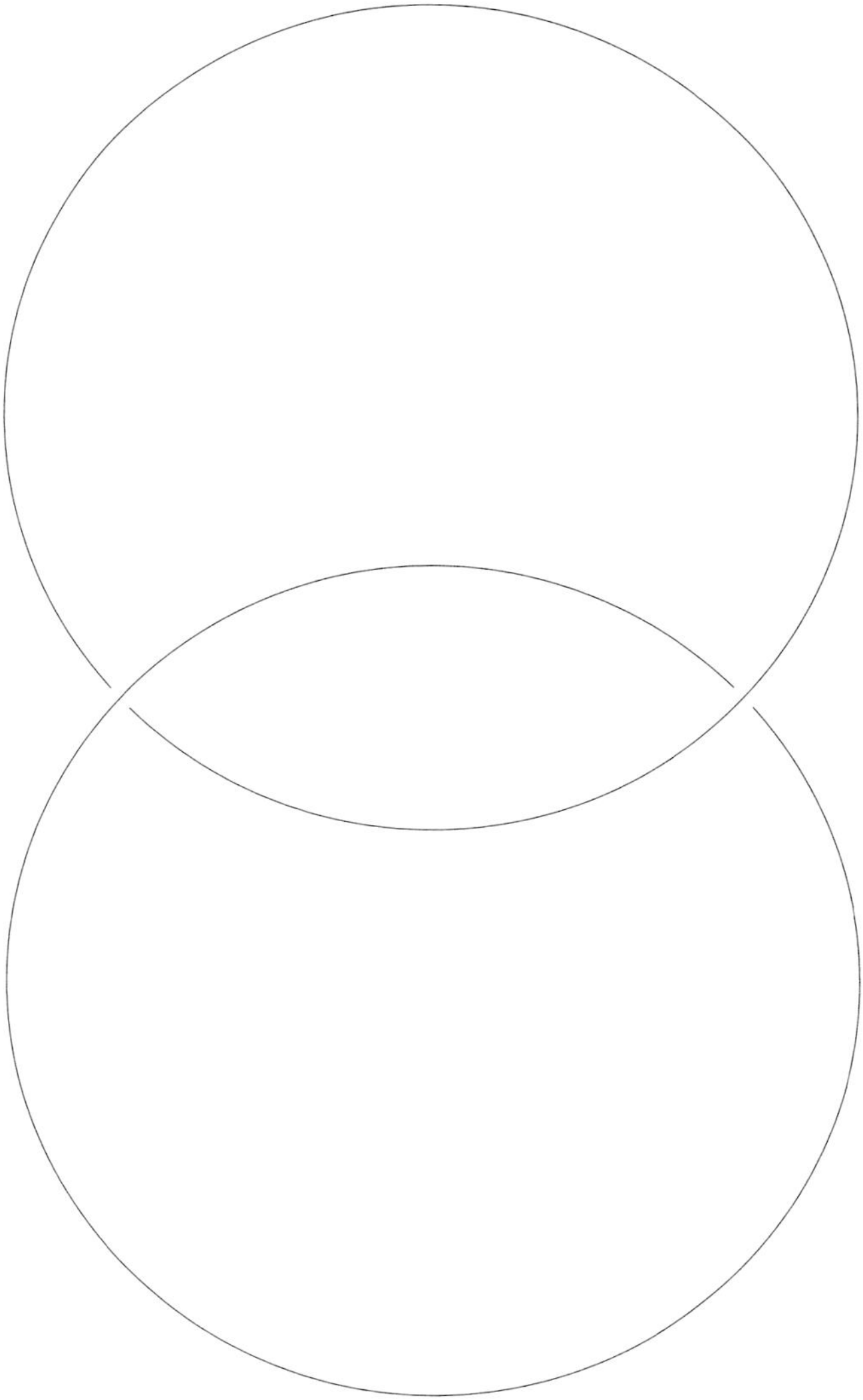

人と人は、苦手になったり好きになったり。感情はお天気みたいなものだから、雨の日は傘を差し、晴れの日は日焼け止めを塗るように、心をねじ曲げず、上手に対処していけばいいよ。

027

気休めは人生の喫茶店と思って、
ふらっと寄り道してみたら？

文句たれの脳のおしゃべりは、黙らせればいいだけ。
それで、心も体も楽になる。あなたには、脳のおしゃべりを黙らせることができる。

ネットの残す言葉は、記録される。
つぶやきも、未来の子どもたちへのプレゼントだ。

言葉はお守りだよ。あなたの発したよい言葉が、
いつかあなたを救ってくれる。

生きていると気分に負けて、いいことより悪いことに意識を向けがちだね。だから、だんだん「辛そうな顔」になる。大人が辛さを顔に出してはいけないね。どんな時代でも子どもは笑っているものね！

悪いこと、つまらないこと、くだらないことを見ているときは、すてきなものが見えない。そのことはあんがいと忘れがち。

033

やらない理由、できない理由を並べる人の理屈は、
最高に筋が通っている。

同じ社交儀礼なら世の中を憂うより世の中を寿ぐ、
これも小さな社会貢献。

親バカは偉大だ。どんな屈辱にあっても、
親が味方についてくれる人はくじけない。

いまの時代、人を助けたい人が、たくさんいます。
助けられることも、人助け。

助けてもらったら「すみません」とか「申し訳ありません」と言わずに、「ありがとう」って言おう。

感謝をすると、関係が愛に変わるから。

他人に満たしてほしいと願うから、不満で心が荒ぶ。
これからの時代は、心も、自家発電にエネルギーシフトです。

笑う門には福来る……このマントラを一日百回。

やるぞ、と決めたら、ロボットのつもりで動き出す。

人間をやってると、人間失格な気分になって、ぐちゃぐちゃ〜ってしちゃうから、人間をやめて動き出す。

なんでじぶんは、変われないんだろうって、思ったときはもう、脱皮が始まってるんだけど、本人にはわからないものなんだよ。

043

人はあんまり長いこと努力をしてしまうと、
努力に報いるために苦しみを我慢したりするね。

楽しいことを夢中でやっている人は、それを努力だと思っていない。周りが「努力してるなあ」と見ているだけ。「あんなふうに努力しろ」って言われても、無理だよ。努力じゃないんだから……。

045

感情はからだに蓄積していくから、発散させましょう。いろいろ方法があるけれど、一番てっとり早いのは、カラオケかも。声に出すか、汗に出すか、涙に出せばいいの。涙が出るほど笑って歌って汗をかくと楽になるよ。

蓄積した感情は、筋肉を固くし、腰痛や頭痛や肩凝り、動悸、息切れ、胃痛の原因になる。瞑想や坐禅で健康になるのは、悪い感情の元となる思考を止めるからなのです。

カラ元気でよし。カラっぽのなかにエネルギーを呼び込む。それがカラ元気。

どんな社会でも、どんな環境でも、じぶんの気分はじぶんでコントロールできる。じぶんの気分に責任をもつ人が集まらないと、話し合いにならない。

だれかとハモれる幸せは、地球に生まれた特権ですね。
ハーモニーの幸せ。この星はハモりの星。

私が誰かってことを、常に更新していくのが「生きる」ってこと。私は、私なくして、私である。さあ、今日も、アップデート開始。

深刻になると、脳が異常活性状態になり、まずもってロクなことを考えない。「脳は生存のために不安と心配を創造し続ける！」と壁に貼っておこう。

「許さない」って言葉はとても強い言葉だから、からだがダメージを受けないように、使う時は、腹にぐっと力を入れて、がつんと押し出しましょう。

間違って「許さない」と言ってしまっても、大丈夫。
「許します」と千回言えばチャラになるから。

基本、人間はネガティブで心配性なの。頭がよくなるほどそうなるの。ふつうの状態に戻す訓練が瞑想。動物にとっては、生きているってだけでかなり幸運で気持ちいいことなんだから。ね、猫くん。

いま感じたこと、いま話したこと、いま考えたこと、出会ったもの、それが人生を展開させている。流れは止まることがない。意識という舵をしっかり握れ。

新しいことは、始めるのではなくて、意識を向けると、
勝手に始まり、展開していく。あとは、流れにうまく
乗り、川下りの筏のように海を目指す。そう思うと、
わくわくしてくるよ。

毎日、毎日、生きて、体験して、経験を積み重ねているのに、成長しないわけがない。すべての人が、その人の時間で、成長している。劣等感まみれでも、それだって、体験だし、経験だし、着々と、育っているの。

相手をコントロールしようとするエゴは、恋愛の場面で炸裂する。泣いたり、ほめたり、冷たくしたり、世話を焼いたり、干渉したり。じぶんの欲求を相手に受け入れさせるための、フックのかけ合い。

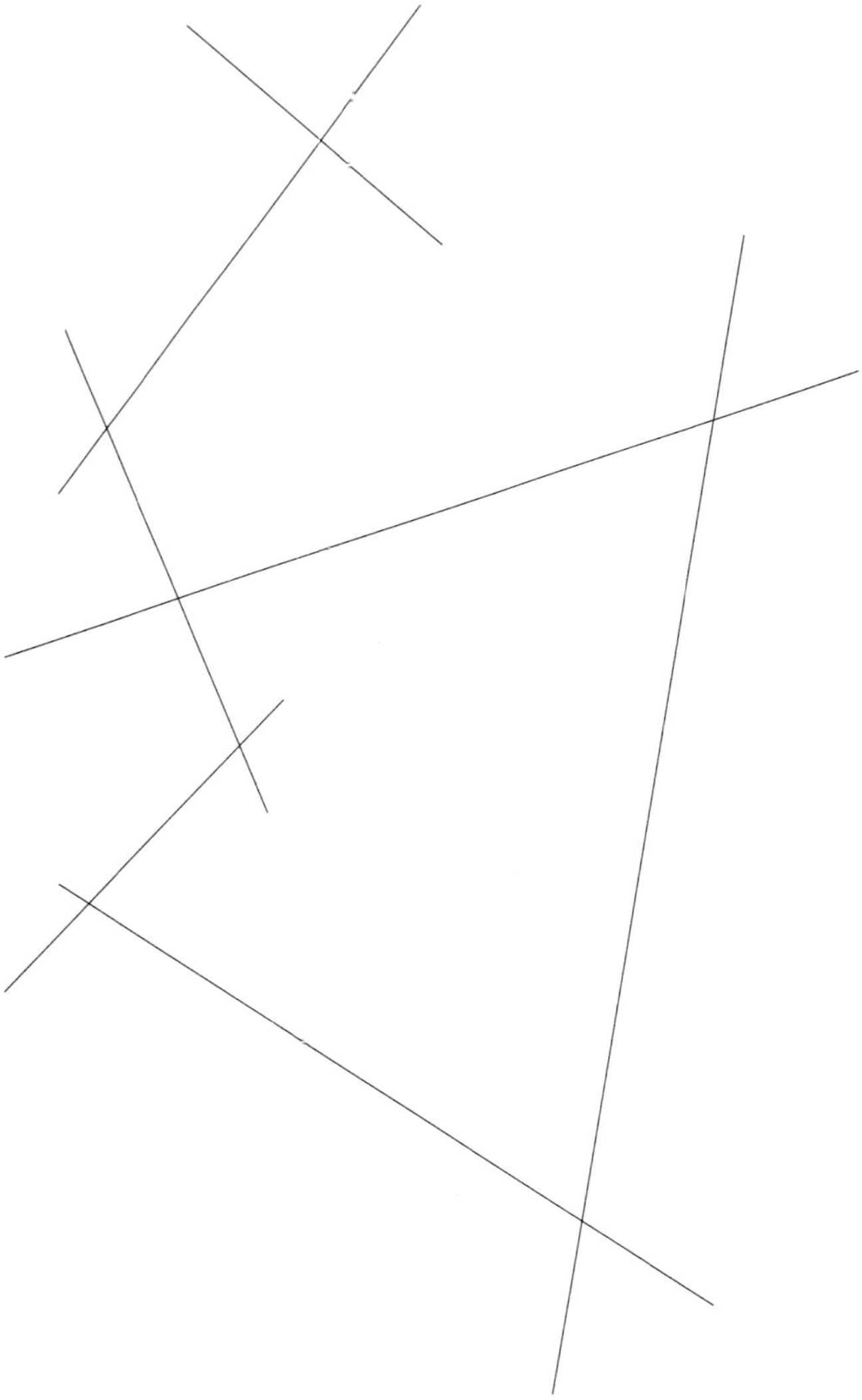

恋は必ず終るけど、辛くてもしたほうがいいよ。
恋を失うたびに、じぶんがよくわかるもの。

「××のせいで不幸で不安なんだ」というドラマの主人公を演じていると、人生は果てしなく辛いの。この筋書きで、シリーズ化してパート2、パート3と続いてくのよ。

悲しみも、ずーっと浸かっているとぬくぬく気持ちがよくて、同情もされて……「悲しみ温泉」に一度入ると、なかなか出られません。

超能力者の秋山眞人さんに「どうしたらスプーンが曲がるの?」と聞いたら「人間はわくわくすればたいがいのことができるんです」って。「勉強をする前に漫画を読んで脳をわくわくさせた方が効率が上がる、いつも盛り上がっていてください!」

つぶやきって、月日が経つと、記憶になる。うそでもいいから、きらきらさせておくと、一年が宝石箱みたいになるよー。じぶんのために、ことばを、つかお！

人生、いろいろある、いろんな色がいっぱいある。
どの色も光れば宝石なんだから。

じぶんのことをぜんぶ知ってる人は、この世でじぶんだけ。じぶんのことほめてあげてね。他人の称賛はうれしいけど、他人が見ているのはじぶんのほんの一部でしょう。ぜんぶ知っているじぶんが「よし!」と思えたら、サイコーだよ。

人間関係がうまくいかない原因は、他人にあるんじゃないの。じぶんとのつきあい方に問題がある。じぶんを、ないがしろにしていないか、考えてみるといいよ。

どんどん高い階段から飛び降りる遊びを、子どもの頃にしていた。いきなり高くから飛ぶと危ない。毎日、少しずつ飛ぶ。冒険は、小さく重ねる。子どもはそれを知っている。

怒るのは「じぶんが不当に扱われた」って感じるから。
じぶんを尊重していれば、他人に敬意を求めないもの。
そう考えると、怒りって、せつないね……。

幸せって、今日一日、気持ちよく生きていくことを、続けていくだけなんだ。いまの気持ちを、積み重ねていくと明日も幸せになる。とにかくいま、気合いで、幸せになっちゃえ。

思春期に「親が押しつけてくる世間の常識」にガツンと反抗しておこう。はしかと同じで、早めに経験しておいたほうが楽です。

楽しい日は、出会う人がみんな恋人みたい。

劣等感には劣等感が、思いやりには思いやりが、幸せには幸せが、呼応しあうとわかっていると、自爆せずにすみます。やだなーと感じることを言われたら、自分から漏れたものだと思い、ガス栓を締める。マッチは擦らない。

気分が暗いって、つまり、停電中ってことだよ。

あ、わたしの考えかたが歪んでいるかも、と、はっとするまで、人生は、なんどでも、おなじ、問題を、出し続ける。人生は、とても忍耐強くて、優しい先生なのだ、ということに、はっと、するまで、人生は、なんどでも……。

じぶんのことを、かならず、大好きになります。気づかないけど、いつのまにか少しずつ、そうなっていくの。じぶんとは、死ぬまでの、ながーいつきあいだから、わかりあえる。だいじょうぶなの。

眠るとき、いつも、あー自由だーと思う。なんて自由なんだろう、だって、これから気絶するんだよ。おやすみなさい。

嫌われても、それを理由に嫌わないよ。わたしはこれでいいし、あなたもそれでいい。無理に合せることもないし、わかりあわなくたって、問題なし。

「節制」の日。自己調律のための瞑想の日。というとカッコいいけど、なにもしないでゴロゴロする日。インスピレーションのための安息日。蒸しタオルパックに、ストレッチ、自己メンテ&エゴメンテ。新月の夜は心を鎮めて……。

開いているものを大切に。閉じているものをこじあけるのはエネルギーがいるからね。小さくても、狭くても、開いているものにすすみ入っていくと、そこは美しい道。

083

愛した見返りが得られないとき、たいがいは、エゴではなく、関係のほうを切り捨ててしまう。せっかくの恋心を、引っこ抜いてゴミ箱に捨てようとするの。

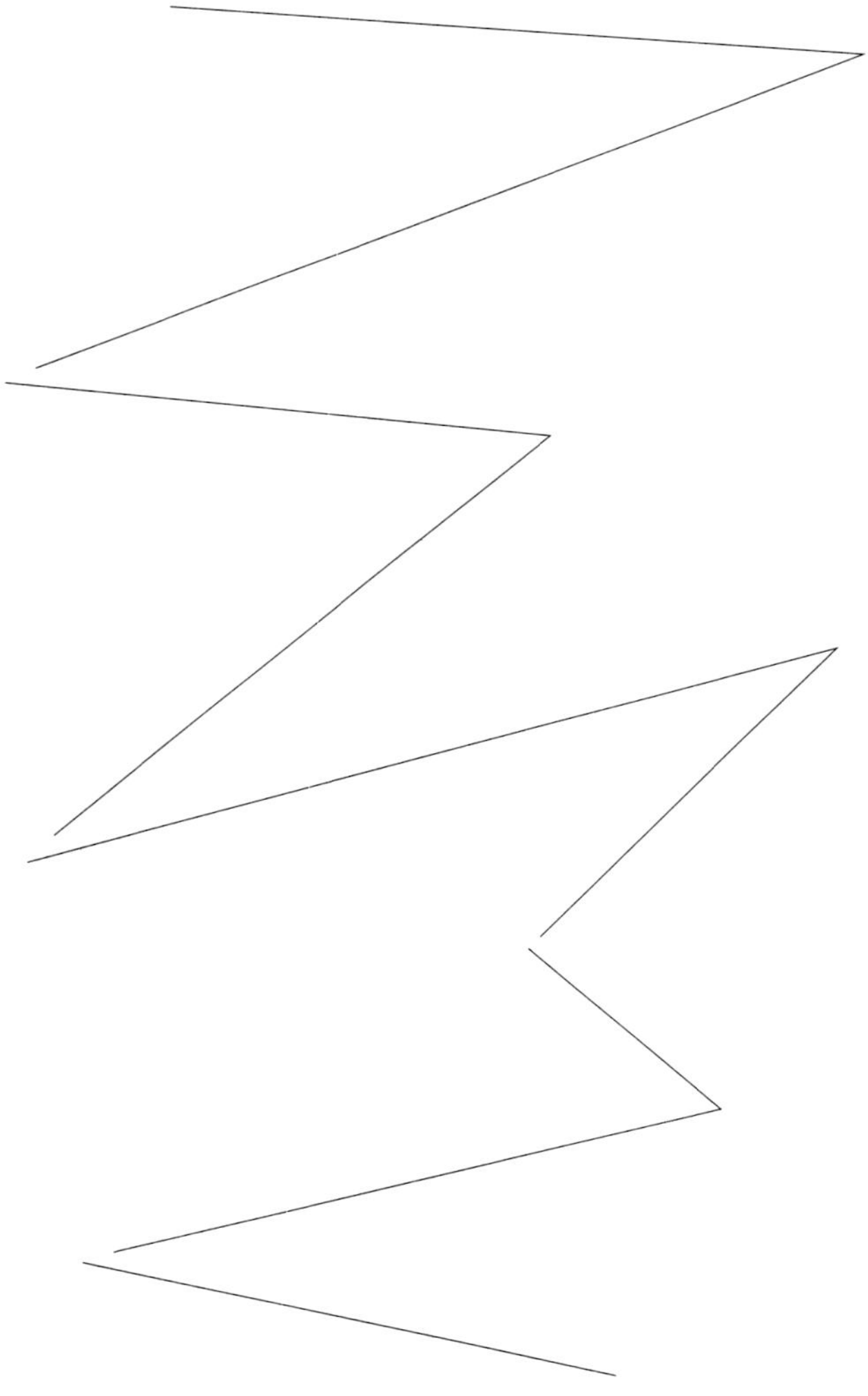

すてきな人と一緒にいて幸せなら、自然の流れに乗る。

自分の思い描く関係を相手に求めるのをやめる。人生の多くの時間を、この特訓に費やしてきたわたしとしては、求めたい人の気持ちはよくわかる。でもね、それは、たいがい失敗するの。

どんどん展開している、その感じは楽しい。その感じを一度、体験すると、ああ、またあれに乗ればいいんだ、と思う。焦りも、もやもやも消えていく。だけど、どんなサーファーだっていつも波に乗れるとは限らない。失敗するから楽しい。

生きているって、なにかが起きつづけていることなの。

心配事に気をとられていると、目の前のことを完全に無視して、不毛な暗い考えにエネルギーを消耗し、くたくたに疲れて、やって来るわくわくに乗れなくなるのが、ほんとうにもったいない。

人の悩みを聞いているうちに、肩凝り、頭痛、腰痛などが起こることはありませんか？　感受性の強い人は共感疲労を起こしがち。「もういやだな」「電話を切りたいな」と思うようなら、それは共感疲労かも。自分のことをいたわって、ほめてあげてね。「よくがんばってるね」「偉いよ！」

悩みや苦しみに同調せずに、自分を保つってとても難しいこと。親や兄弟、夫や子どもとは共感疲労が起こりがち。子どもの悩みで具合が悪くなる経験、親ならあります。相手は相手の人生の課題を生きている。たとえ親子でも子どもの課題は背負えない。諦めて応援する、そう心を切り替えます。

辛いな、イヤだな、と思ったら、ちょっと逃げて休みましょう。それでも世界はちっとも困らないんですよ。だから、大丈夫。じぶんが元気でいることが、最優先の社会貢献。

朝、目が覚めたとき、たくさんの鳥の声が聞こえると、うわあ、気持ちいいなあと思う。一日の気分が方向づけされる目覚めを、大切に。好きな音楽で目覚めたり、手の届くところに感触のよいものがあったり、すてきな目覚めを演出してね。

掃除テンションが上がると、キッチンだろうと、風呂場だろうと、目についたものを磨き始めて夢中になる。脳が「きもちいい」と感じたときの、幸福感といったらまったく……。お金と交換しなくても、豊かさはそこらじゅうに溢れている。

ムカッときたり、グサっときたり、イラっときたら、その感じは大事にね。他人のせいにしないで、じぶんの気づきにする。ひっかかりがあるのは心が成長したいから。人に向けずに、内面を見つめてね。ネガティブな感情も宝だよ。

会ったこともない人のことばに、すぐに怒ったり、イライラしたりしたときは、ネットから離れること。じぶんの日常を大切にね。ていねいにお茶をいれて、飲んだら茶わんを洗って片づける。深呼吸をして、それで、大丈夫。

「おかあさん、友だちとメールで喧嘩しちゃった」

「メールは4行までって言ったでしょう。長いメールは誤解のもとだよ。特に、男子へのメールは2行でいいよ。一度に二つ以上のこと言っちゃだめだよ、混乱するから」

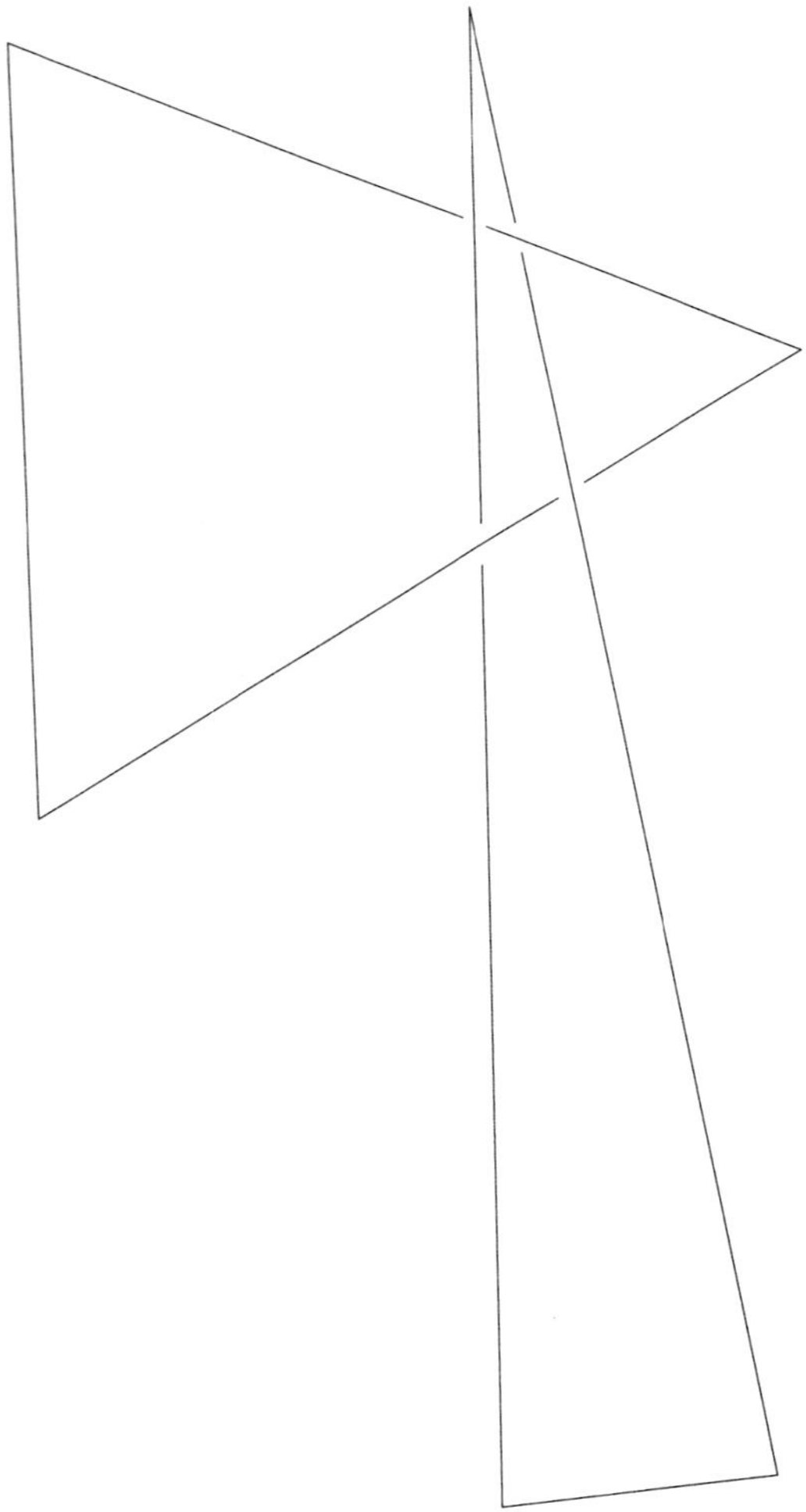

働くって、誰かのために、なにかをすることなんだよ。
人は、誰かのためになにかをしてお金を得ているの。
みんなそう。これってすごいことでしょう?

じぶんの頭で考えろ、というのは深ーい言葉だ。じぶんの頭って、からだ全体のことなの。便宜的に頭って言っているけれど、あれは、全存在で感じろってことを言っているの。思考には他人の意見が混ざってくるけど、からだは正直だから。

なんかしなくちゃならない病に気をつけて。情報過多だからね。みんなじぶんが「こんなことしてる」って自己主張するから、取り残されたら大変って気分になるでしょう。ネットやめて、ぼやっとしてみて。他人に頭を乗っ取られると、やりたいことがわからなくなる。一人になって落ち着いたらわかる。

現実は「じぶんが編集している」の。みんなそれぞれの人生の編集者。編集コンセプトをもっていて「自伝」を編集しているの。どう編集するかは、その人の「意思」なの。そこがね、ほんとうに、重要なの。そこからが、スタート。

「いやなことも続ければ好きになる」っていう、思い込みを捨てること。「苦しんでいればいつか報われる」っていうのは、時代錯誤！　いまは職業選択の自由な時代だからね。

人生は意識をしたようになっていく。いま、このじぶんの状態が、その証。じぶんが気になって意識していたことが、現実化しているでしょう。

じぶんの意識をどこに向けるか、じぶんしか変えられない。他人のことはどうにもならない。他人を変えることは困難。時間と労力、ときに暴力まで必要としても、変わらない。

不平不満や文句を言っていたら、それがその人の一日になる。どんなに高機能だろうと、脳って奴は、訓練しないと、同じところ走り回るハムスターみたいになっちゃうから。

いやーなことがあったときが、チャンスなんだ。失恋とか、失業とか、ほんとうにもう、こんなじぶんやめたい、もうやだ、って心底おもったときに、来るんだ。転機って。いま、いやーなかんじのひとは、いま、なんだよー、いま！

「幸せになるにはどうしたらいいですか？」って若い子に聞かれて「人と比べないこと」と言いかけ、思い直して「友達がネットに投稿する幸せばかり見ないこと」と言い直した。みんなが「いかに楽しい人生を送っているか」発信している時代だから。

知るべきは他人の幸せじゃなくて、じぶんの幸せ。
と、壁に貼る。

どんなことでもいいから今できる一番楽しいことをやっていれば、ドアが開き続ける。楽しいことの先にしか幸せはない。できるかどうかじゃなく、やってみて、つまんないことに意識を向けない。

具体的に幸せのイメージをもつのが、意識の力を使うコツだよ。言語化、視覚化、とにかく具体化するほどいい。期待しないで、ただ遊びのように、行きたい場所や、なりたいじぶんの絵を書いたり、思い描いたりするクセをつけるの。

なりたいなーって思わないで、なっちゃった気分に浸ってみるとうまくいくよ。これがほんとの、イメージトレーニング。

「やるべきこと」も「やりたいこと」も、シンプルに書き出すこと。とっても簡単なことだから、習慣にしてしまえばいい。きれいに書く必要はない、とにかく書き出すの。これはメモではない。忘れないようにするためじゃないの。

じぶんのやることが「もやもや」っとしていると、それだけで不安で重苦しい気分になるでしょう。脳がなにをしていいかわからなくてエラーを出しているからなの。書き出せばいいの。もやもやが晴れるとそれだけで、力が湧いてくる。

「やることリスト」を全部こなそうと思わないことが大事だよ。やれないことは苦手なことで、じぶんにとって楽しくないことかも。人に頼むとか、得意な人と協力してやるとか、工夫して、自分で抱え込まないようにして、楽しいことを優先していけばうまくいくよ。

じぶんに惚れていい。うぬぼれていい。
じぶんに恋をしている人が、モテるんだよ。
だって、モテようと思わないから。

一人のときは、ひたすら自分をほめる。トイレでも、寝床でも、「よし、いい感じだ。よくがんばってる」って声に出して言うんだよ。バカみたいだけど、ほんとに元気が出るから。

人の話をよく聞くためにも、新しいことを始めるためにも、勉強をするためにも「じぶん、がんばっている！」っていう確信がないと、すぐ凹んじゃうから、まず、じぶんの味方になることから始めるといいよ。とっても簡単だけど、人生の基本。

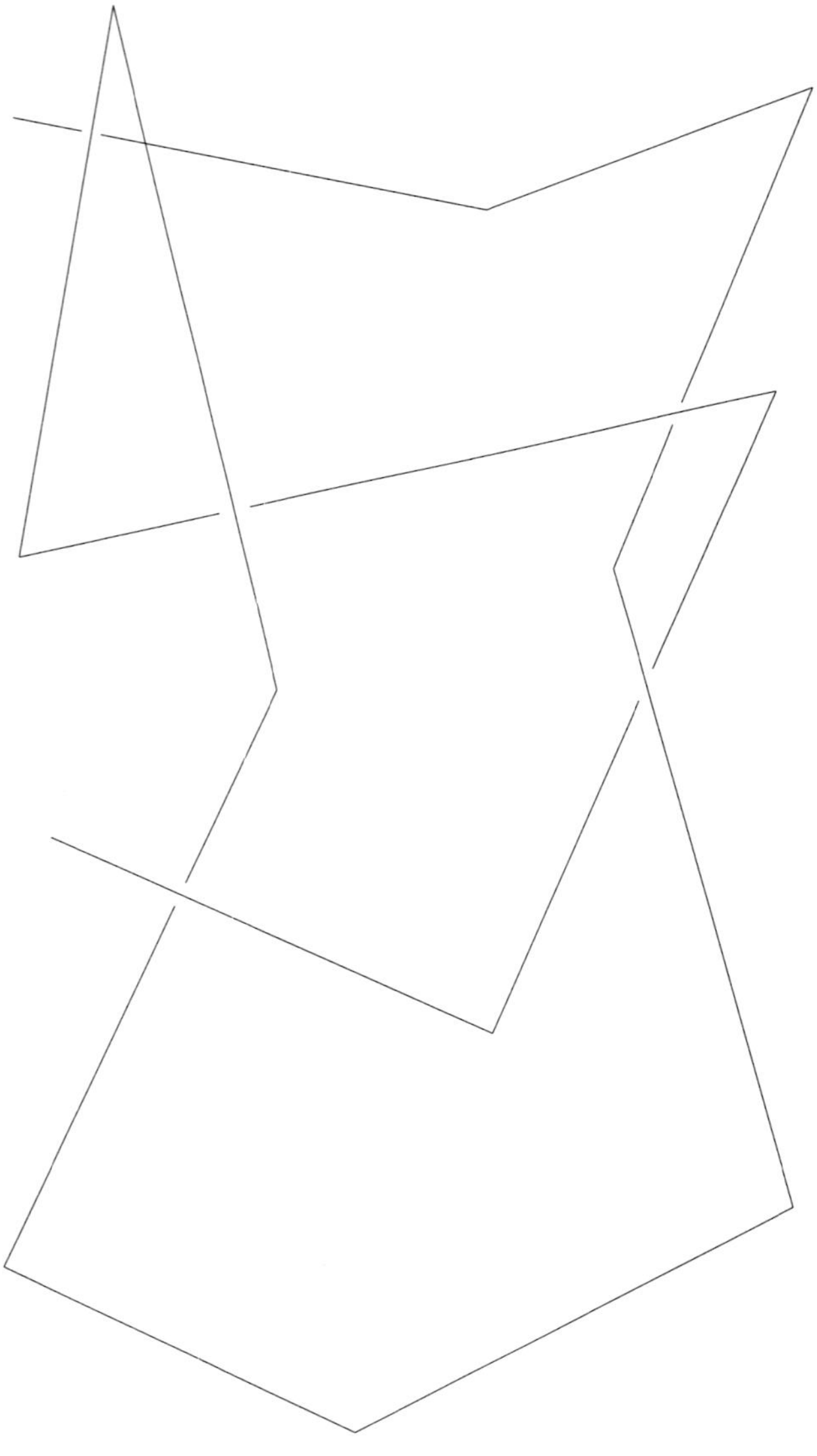

何もやる気がせず、つまらないっていうのは、やる気がなくなるようなことに意識を向けて、やる気のなくなるようなことを考えているから。怖がりなのにあえてホラー番組を観つづけているようなもの。「誰かがチャンネルを変えてくれないかしら」無理。だって、リモコンは頭の中にあるんだもん。

身のまわりのことひとつするたび、幸せな感じ。この感じにリボンをかけてたいせつにして、巣作りをする小さな動物みたいに生きる。じぶんの感受性を守るって、そんなに難しいことじゃない。むしろ簡単すぎるから軽んじられてしまうのね。

「田口さんはどんな瞑想をするのですか？」と質問を受けた。「わたしは毎日必ず、鏡の前でマヌケの瞑想をします」「そ、それはどんな？」「なるべく額と目の周辺から力を抜いてマヌケな顔をする瞑想です」「初めて聞きました」「誰でも、簡単に思考から離れられるし、やったあと人相がよくなります」

じぶんを大切にするひとは、まわりから大切にされる。じぶんを見下げている人は、同じことをまわりからもされる。じぶんを変えればまわりも変わる。長くて五年、早ければ一年で結果は出るよ。

規則正しい生活は、気分の揺れ幅を小さくしてくれる。小さな出来事にときめいているくらいの感じを、ずーっと維持できると、いろんなことがうまく進む。夜遊びは刺激的でドキドキするけど、その分、落ちるんだよなあ。上がったものは必ず、下る。

「じぶん、変えました。わくわくしています。さあ、今日から世界が変わるぞ」なんていう期待はしないでね。すべてのものは、ゆっくり変わる。夏至から冬至までの間に日が少しずつ短くなっていくように。それが自然の摂理。楽しんで暮らしていれば、気づいたら、景色が変わっている。

じぶんに自信がない……というのも、自信がないじぶんを選んでいるだけなの。なにかを始めるのに自信はいらない。考えずにやればいいだけ。失敗の方に意識を向けるクセは、簡単に治るよ。ただのクセなんだから……そのことに気づけばいいだけ。

いま、幸せだということは、人生において最強です。
すべてが正しかったという証だから。

田口ランディ
たぐち・らんでぃ

女性・東京生まれ。作家。
人間の心の問題をテーマに幅広く執筆活動を展開。
代表作に『コンセント』『アンテナ』『モザイク』。
2001年に『できればムカつかずに生きたい』で
第1回婦人公論文芸賞を受賞。その他の著作に『富士山』
『被爆のマリア』『キュア』『パピヨン』『サンカーラ』『ゾーンにて』
『ヒロシマ、ナガサキ、フクシマ　原子力を受け入れた日本』
『仏教のコスモロジーを探して』
『「ありがとう」がエンドレス』『リクと白の王国』
『いのちのエール　初女おかあさんから娘たちへ』など多数。

いま幸《しあわ》せになっちゃえ！

2016年2月25日　初版

著　者　田口ランディ
発行者　株式会社晶文社
東京都千代田区神田神保町1-11
電　話　03-3518-4940(代表)・4942(編集)
URL　http://www.shobunsha.co.jp
印刷・製本　中央精版印刷株式会社

ブックデザイン：寄藤文平＋鈴木千佳子(文平銀座)

ISBN978-4-7949-6919-4 Printed in Japan

田口ランディの本

「ありがとう」がエンドレス

「わたしの娘も今年から、一人暮らし。
娘のためにに語ったことばを、
本にまとめてみました。
みなさんのお役に立ちますように。
母として、先輩としてのアドバイスです」
ツイッターで大反響！　母から娘に渡す、
しあわせになることばの贈りもの。